# 라마 블랑 1

조르주 베스 그림 │ 알렉산드로 조도로프스키 글 │ 홍은주 옮김

북하우스

## 조르주 베스 Georges Bess

1970년 23세의 나이로 스웨덴으로 망명해 본격적인 작품활동을 시작한 베스는 다양한 테크닉을 선보이며 『매드Mad』를 스칸디나비아 버전으로 공동 작업했다. 이후 십 년 넘게 그는 복면한 영웅들이 벵골의 이상한 악의 힘과 대항하여 싸우는 유령 이야기 『벵골의 유령』을 그렸다. 1987년 파리로 돌아온 베스는 조도로프스키를 만나 『라마 블랑』의 작업을 시작했다. 다음해 『라마 블랑』 1권으로 만화 부문의 RTL 대상을 수상했다. 이후 그는 모든 작업을 중단하고 오로지 조도로프스키와만 작업을 하면서 『아비발 5』와 『주앙 솔로』를 그렸다. 특히 『주앙 솔로』는 1995년 앙굴렘 페스티발에서 알파르 최우수 시나리오 상을 수상했다. 1998년 이후로 베스는 오래 전부터 준비한 『에스콩디디』를 독립적으로 작업, 불어판 첫 작품으로 출간할 계획이다.

## 알렉산드로 조도로프스키 Alexandro Jodorowsky

1929년 러시아계 유대인의 아들로 칠레에서 태어났다. 산차코 대학교에서 심리학과 철학을 공부하던 중 마임에 매료되어 라틴 아메리카 전역을 방황하다 1955년 파리에 정착했다. 여기서 판토마임의 대가 에티엔 두크레에게서 마임을 배웠다. 그 후 그는 극단을 버리고 페인트공이 되기도 하는 등 다채로운 삶을 살았다. 1962년 『파니크Panique』라는 극단을 창설했으며, 멕시코 초현실주의 문학을 소개하는 잡지 『S. nob』를 창간하면서 소설가, 연극 연출가, 영화감독 등 다양한 활동을 펼쳤다. 1966년 마침내 만화계에 데뷔, 마누엘 모로의 그림으로 미래주의적인 모험담 『아니발 5』를 세상에 내놓았으며 이어 뫼비우스와 함께 『잉칼』 시리즈를 작업했다. 1971년 자신이 주연, 감독, 각색을 한 『엘 토포』를 발표했는데, 이 영화는 컬트 영화의 고전이 되었다. 조도로프스키는 뫼비우스 계열의 젊은 작가들은 물론 일본의 대가들에게까지 시나리오를 제공하면서 제9의 예술을 위해 의욕 넘치는 활동을 펼치고 있다. 그 외 대표작으로는 『알레트 토』 연작, 장-클로드 갈과 작업한 『디오자망트의 열정』 등이 있다.

**LE LAMA BLANC**
by Bess & Jodorowsky

Tome 1 Le Lama Blanc  First edition: 1988  Les Humanoïdes Associés
ⓒ Humano S. A. - Genève

Tome 2 Le Seconde Vue  First edition: 1988  Les Humanoïdes Associés
ⓒ Humano S. A. - Genève

Tome 3 Le Trois Oreilles  First edition: 1989 Les Humanoïdes Associés
ⓒ Humano S. A. - Genève

**옮긴이 홍은주**

1967년 부산에서 태어나 이화여자대학교 불어교육과 및 동대학원 불문과를 졸업했으며 전문번역가로 활동하고 있다. 『태양의 여왕』 『아르테미시아』 『자신 있게 살아라』 『여자의 생은 무엇으로 이루어지는가』 『디오게네스의 햇빛』 등을 우리말로 옮겼다.

라마블랑 1

| 초판 인쇄 | 2001년 8월 1일 |
| 초판 발행 | 2001년 8월 10일 |

| 지 은 이 | 알렉산드로 조도로프스키 / 조르주 베스 |
| 옮 긴 이 | 홍은주 |
| 펴 낸 이 | 김정순 |
| 펴 낸 곳 | (주)북하우스 |
| 출판등록 | 1997년 9월 23일 제1-2228호 |

| 주 소 | 110-795 서울시 종로구 운니동 98-78 가든타워빌딩 802호 |
| 전자메일 | editor@bookhouse.co.kr |
| 홈페이지 | www.bookhouse.co.kr |
| 전화번호 | 741-4145~7 |
| 팩 스 | 741-4149 |

ISBN  89-87871-77-0  04860
        89-87871-76-2  (전2권)
* 잘못된 책은 바꿔드립니다.

첫번째 이야기

# 라마 블랑

G.BESS.

# 꿈과 예언

으아아아···
더! 더! 더 높이!

날았다아아아!
날았어!

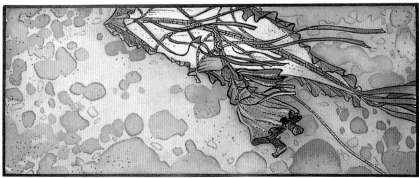

저게
뭐지?…

타타타타타타

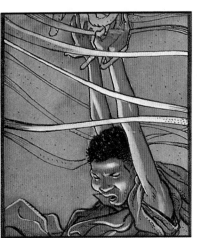

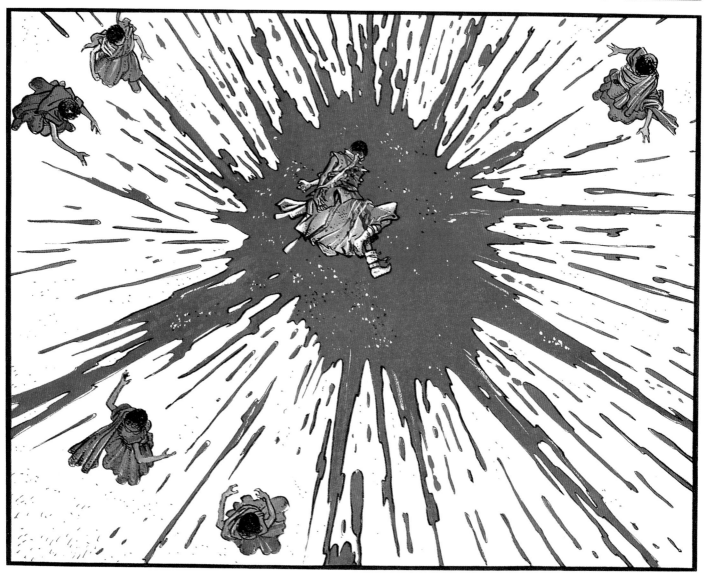

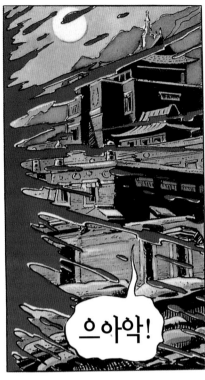

헉!…

!

으아악!

꿈이었구나!…
전조(前兆)로다.
스승님의 예언대로
되리라는
계시로다!
때가 가까웠구나.

아니! 이미
때가 된 게야!

서둘러 승려들을
모두 소집해야겠다!
시간이 촉박하다!

…온후한 전사 추!
그리고 뛰어난 이, 던돕이여…

그대 두 사람이 장차
내게 얼마나 큰 힘이
되어줄지 아는가…

용의 해가 참으로 불길하도다…
꿈에, 피 뿜는 주검이 하늘에서
떨어졌더니라. 이것은 곧…
남쪽으로부터 무수한 군중이
증오를 품고 우리 땅에
들어오리라는 것…

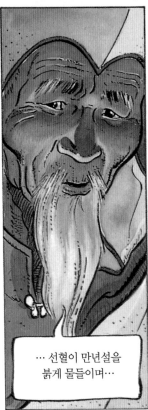

… 선혈이 만년설을
붉게 물들이며…

… 우리 믿음의
기둥은…

… 폭풍에 휩쓸린
인간의 몸뚱이처럼…

… 흔들리리니!

이제 늙고 힘없는 이 육신을 버릴 때가 되었구나. 우리 믿음을 지켜내기 위해, 세상에 깨달음을 전하기 위해!

안 됩니다!

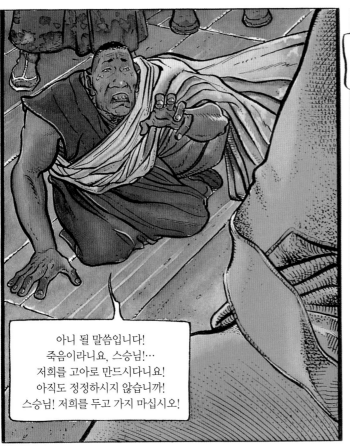

아니 될 말씀입니다! 죽음이라니요, 스승님!⋯ 저희를 고아로 만드시다니요! 아직도 정정하시지 않습니까! 스승님! 저희를 두고 가지 마십시오!

저희들 곁에 계셔야 합니다!

스승님! 안 됩니다! 너무 이릅니다!

두렵습니다!

그치거라! 지금이 아니면 너무 늦으리라! 늙은 이 몸이 할 수 있는 일이 영영 없어지기 전에 손을 써야 하리!

대체 누가 이 땅에 싸움을 불러온단 말씀이십니까?

저희들은 그 누구도 괴롭힌 적이 없을 뿐더러… 신들의 보호를 받고 있지 않습니까!

미그마, 듣거라. 그러나 칠링가들이 이 땅을 노리고 있다!

용의 해가 참으로 불길하도다! 허나 20년 후 황소 해는 더욱 상서롭지 못할 것이니! 스승이셨던 반마 삼바하바 님께서 일찍이 예언하셨다!

황소 해가 오면… 광포한 맹수가 우리 땅을 할퀼 것이며, 붉은 깃발이 티벳 하늘에 오만하게 나부끼리라! 바퀴 달린 기계들이 길을 휩쓸며 증오와 고통과 불행을 뿌릴 것이니!

믿음의 기둥이 주저앉고 뒤집히며… 티벳 백성들은 짓밟혀 마침내 사방으로 흩어지고 말 것이다!

이같은 예언이 있었으니! 피 뿜으며 떨어진 주검이 의미하는 바가 이와 같도다!

내 이제는 윤회 전생(輪廻轉生)의 사슬을 모두 풀었다 생각했으나… 마지막으로 한 번 더 와야겠구나…

성난 불꽃이 우리 사원과 티벳 땅을 휘감아 핥을 때, 내게 전사의 영혼과 기운찬 육신이 필요할 것이기 때문이다!

내가 다시 올 때까지 미그마가
나를 대신하도록 하라!

장차 내가 환생할 마을의 지도이다.
붉은색으로 표시한 집이 내가 태어날 곳이니
던돕과 추는 이 반가운 소식을 그 집에
알리도록 하여라!

이제 옷을 벗겨다오! 내가 가는 곳에서는
아무것도 필요치 않을 것이다!

아이가 세 살이 되거든 내 유품을
다른 물건에 섞어 내놓도록 하라…

… 아이가 그것을 집어들면
내가 세상에 다시 왔다는
확실한 증거이니라.

가족에게 사실을 알리고 아이를
이 승원(僧院)으로 데려오라.
다시 한번 내가 모든 것을 맡아보리라!

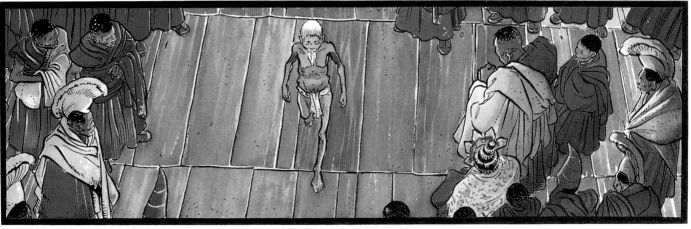

15

저것 좀 봐!
스승님의 몸이…
점점 줄어든다!

꽃이다!…
꽃비가 내린다!

기적이다!

스승님의 피부가?
아기 피부처럼 되었다!

기적이다!

스승님께서
열반에 드셨다!

18

# 마법과 배신

칠링가다! 칠링가다!

칠링가!
칠링가들이 잡혀왔다!

아이들이에요,
가브리엘!
이 아이들은 백인을
처음 보나 봐요!

병사들도
그랬으니
아이들은
오죽하겠소!

무지한 짐승들!
믿음도, 영혼도
없는 것들!

몹쓸 이교도들! 주님만이 저들의 운명을
아시겠지! 수잔, 가브리엘, 저들에게
두려움을 드러내서는 절대 안 된다!

두려움이라니요… 윌리엄 신부님?
조금도 두렵지 않아요.
저들이 무슨, 나쁜 짓을 하겠어요?

잠시 후…

저 건물이 분명 기알포의 저택이겠지… 어서 가서 보고를 올리자!

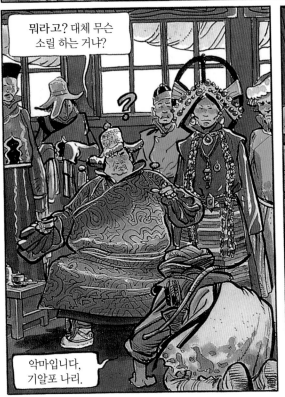

뭐라고? 대체 무슨 소릴 하는 거냐?

악마입니다, 기알포 나리.

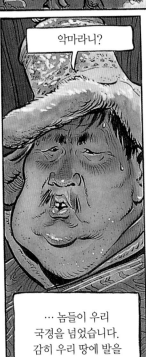

악마라니?

… 놈들이 우리 국경을 넘었습니다. 감히 우리 땅에 발을 들여놓았습니다요!

20

별일도 아닌 것 가지고 기알포의 휴식을 방해할 참이냐! 만일 그렇다면 채찍을 면할 수 없을 줄 알라!

나리, 이 악마들은 꼭… 사람처럼 생겼습니다. 게다가 우리말을 합니다요!

저놈이 제일 고약합니다! 저놈은 줄곧 저렇게 몸을 비틀고 악을 쓰고 있습지요!

참말 흉측스런 것들입니다, 나리!

대체 무슨 권리로 우릴 잡아두고 있는 거요? 내 말이 안 들리오? 난… 난 그리스도의 이름으로… 정중히 사과하고 우리를 당장 놓아줄 것을 요구하오!

요구? 요구라고? 푸하하!

* 라사: 티벳의 수도―옮긴이

22

암, 그럴 테지. **알아야** 무슨 수작을 꾸미며도 꾸밀 테니까. 어디, 네놈이 말한 걸 당장 증명해보자꾸나!

악마가 아니라면, 우리가 모시는 신 앞에 **머리를 조아려라!** 어서, 이 원숭이 같은 놈아! 무릎을 꿇어!

아아, 하느님! 저, **해괴한…** 돌로 만든 우상!

저 끔찍한 우상에 대고 절을?!

옴마니반메훔… 옴마니반메훔…

수잔! 가브리엘! 안 돼! 이교도들 앞에서 대체 무슨 짓들인가?!?…

제정신인가! 그렇게 쉽게 믿음을 부정하다니!…

말도 안 돼! 이건 이교라구! 이 야만인들을 우상 숭배에서 벗어나게 해야 해! 지옥에서 구해내야 한다고!

너희들이 모시는 신을 모조리 갖다놓아도 절대 내 무릎을 꿇릴 수 없을걸!

진흙으로 만든 저따위 우상은 아무 힘도 없다는 걸 증명해야 한다니까!

그만! 그만! 저 망할놈의 원숭이를 똥통에 처넣어라!

신은 이 세상에 수천 수만 가지 모습으로 오셨지만… 언제나 신이니까요.

윌리엄 신부님! 다른 사람의 신을 존중한다고 자신의 믿음을 부정하는 건 아니잖아요.

23

남은 생애를 똥통 속에서 보내는 게 소원이라면 그렇게 해라. 그러나 결국 굴복하고 말 거다… 더러운 놈!

나머지 악마들도 처넣어라!

천만에! 그런 일은 없을걸!

아악! 자애로운 성모 마리아여, 구해주소서. 으윽, 구린내!

안 돼! 여자는… 여자는 살려 주시오!

나는 어떻게 해도 좋소! 하지만 아내만은 살려주시오. 아이를 가졌소!

아이를 가져?!

이네들은 옷도 꼭 사람처럼 입었구먼!…

우리 신 앞에 머리도 조아렸어. 어쩌면 저들은 악마가 아닐지도 모르잖아?

그만들 두라!

24

?

?!

마법사다!

아이고, 신이시여…
저건 또… 대체
어디서 나타난 거지?

이들의 머리카락 한 올도
건드리지 말라!
알겠는가, 기알포?…
이들을 맞아들여
너희들 가운데 쉬게 하라!

이 두 사람은 **신성한** 존재다!
신들이 이들을 보호하시니
이들에게 손가락
하나 갖다 대지 말라!

어, 어…

저런…

?!…

마법사가…
공중에 떴다!

마법이다!

보자… 너희들 가운데 아이를 가진 여인이 또 있을 것이다…

당신! 이름을 말하라! 아내의 이름도!

저는 쿠텐이라 하고 아내는 아트마라 합니다, 마법사여!

쿠텐! 이 이방인과 그대의 아내 아트마는 영원히 맺어져 있다!

신성한 힘의 보호를 받는 이들을 그대 집으로 데려가 아이가 태어날 때까지 보살피라. 그것이 신의 뜻이다!

알아들었는가, 기알포?

ㅇㅇㅇㅇ… 물론이오… 시, 시키는 대로 하리다…

26

얼마 후, 위대한 라마의 자리에 새로 오른 미그마가 흑마술사 뷩의 폐가 근처에 나타난다…

햇불이다!… 다 왔군!

뷩! 흑마술에 능한 무당, 그리고 제자이자 수련생인 게이롱이다…

천 년의 세월을 살아온 자, 불멸의 뷩만이 운명의 바퀴를 돌려놓을 수 있어…

미그마! 지체 없이 예식을 치를 준비를 하자!

알겠습니다, 불멸의 뷩.

내 뜻을 이루어줄 수 있는 건 저 무당뿐이다!

멀리서 바람이 일어 불멸의 뷩이 읊조리는 단조로운 주문을 삼켰다. 뷩은 인간의 유해를 갈기갈기 찢었다…

밤! 쳄! 옴! 옴!…
게이롱!
짐승의 피를 따르거라!

… 게이롱은 위대한 라마 미그마가 바친 신성한 소를 잡았다.

… 곱게 빻은 뼈에 그대의 피를 섞으라, 미그마!

여기에 신성한 소의 피를 넣는다!

내가 불러온 저 무서운 악마의 얼굴을 보라! 밤! 움! 다움! 나모!

미그마, 그대의 소원이 무엇인지 말해보라.

권력을 내놓고 싶지 않소이다! 영원토록 위대한 라마로 남고 싶소! 악마들이 라마 미팜의 살을 갈기갈기 찢어주기를 바라오! 이것이 내 소원이오, 불멸의 빙!

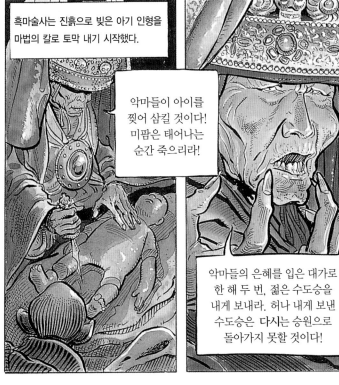

흑마술사는 진흙으로 빚은 아기 인형을 마법의 칼로 토막 내기 시작했다.

악마들이 아이를 찢어 삼킬 것이다! 미팜은 태어나는 순간 죽으리라!

악마들의 은혜를 입은 대가로 한 해 두 번, 젊은 수도승을 내게 보내라. 허나 내게 보낸 수도승은 다시는 승원으로 돌아가지 못할 것이다!

젊은 수도승을? 여섯 달에 한 명! 좋습니다, 불멸의 빙! 아무도 의심하지 못하게 손을 쓰리다.

좋다!… 이제 악마들을 부를 때다! 한마디도 하지 말라! 움직이지도 말라!

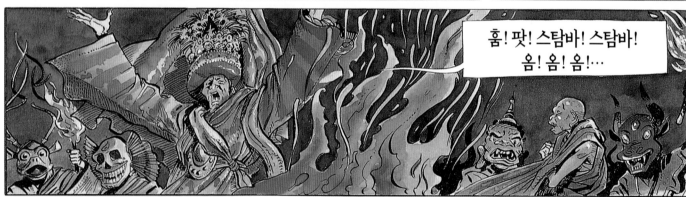

훔! 팟! 스탐바! 스탐바!
옴! 옴! 옴!…

… 죽을 곳도
이곳!…

그가 환생할 곳은
이곳…

# 죽음의 신들

사내아이! 건강한 사내 아이다!

아트마, 고맙소, 이렇게 기쁠 수가 없구려. 대를 이을 사내아이요!

자, 이제 맘껏 즐깁시다, 친구들이여. 경사스런 날이니 차와 술을 얼마든지 드시오! 마시고, 노래하고, 춤춥시다. 끊임없이 새로워지고 또 새로워지는 우리네 삶에 축배를 듭시다!

무슨 일이죠?
벽에서 무슨 소리가…
집이 흔들리잖아요!

쿵!

쿵!

가브리엘…
무서워요!

누가 벽을
부수는 것 같은데!

빠지직

센지!··· 무서운 죽음의 신이다!

칠링가들이여! 제발 부탁이오! 저들에게 경의를 표해주시오. 악신(惡神)들이오. 제발, 머리를 조아려요!

아녜요! 당신들 눈이 멀었나요? 저건 속임수예요!

경외하는 신이시여, 보잘것없는 이 제물을 받아주소서. 신들의 분노를 피하게 해주소서!

우리 분노를 진정시킬 제물은 하나뿐이다···

···갓난애를 바쳐라!

33

아이에게 저주받은 괴물이 깃들여 있다! 신들은 저 아이가 살아남는 것을 원치 않으신다! 아이를 내놓아라!

저주? 괴물?

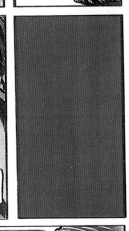

안 돼! 안 돼~!

아트마! 봐요! 저들은 신이 아니야! 천한 악당일 뿐예요!

수잔!

살인마! 자, 똑똑히 봐요! 이게 신인가요? 피 맛에 취한 잔인한 인간!

수잔! 그만 해! 저들은 피에 굶주렸소!

이봐, 이방인! 틀린 건 너다! 난 틀림없이…

… 죽음의 신이니까!

34

살인마! 가만두지 않겠다…

아악! 가브리엘, 안 돼! 아아, 안 돼!

가브리엘!? 나예요, 수장이에요! 대답해봐요! 이건… 그저 악몽이라고 말해봐요!

할 일을 마쳤으니 그만 떠나자! 이봐, 흰 원숭이들! 이젠 악신들 말에 따라야 한다는 걸 깨달았겠지!

잠시 후…

아트마? 도와줘요… 아기가… 나오려나 봐요!

아이를 보살펴주겠다고 약속해줘요.
마법사의 말… 기억하죠? 아트마와
이방인… 영원히 맺어져
있다는 말…

수잔, 죽은 내 아이
대신, 저들이 앗아간
아이 대신, 당신
아이를 기르겠어요!

내 젖을 먹여
기르겠어요. 내가
엄마가 되겠어요!

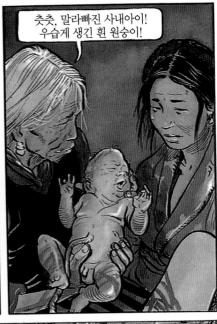

츳츳, 말라빠진 사내아이!
우습게 생긴 흰 원숭이!

가엾은 고아!

노래를 연주하시오!
모두들, 고통을 잊읍시다!

현실은 다만
환영(幻影)일 뿐!

사람이 어찌 알겠는가.
덧없음이란 시작도
끝도 없는 것을…

죽음도 환영일 뿐…

태어남도, 죽음도
다만 덧없어라!

삶도 환영일 뿐…

그렇다! 환영!… 의심과
미망을 떨쳐 없애라!
다만 기뻐하고 즐기라!

쿠텐, 우리 곁에 있던
칠링가 친구들의 여정은
이렇게 끝나는 걸까요?
맹금들만이 기뻐하는군요!

아트마, 괴로워 말아요.
이게 그네들의 업(業)이라면
신들도 어쩔 수 없다오.

36

행군 속도를 높여라, 부관! 제기랄! 이렇게 질질 끌어서 되겠나! 영국 왕의 뜻을 받들어 중대한 임무를 수행중임을 병사들에게 다시 한번 상기시키도록! 자, 전진!

알겠습니다, 대령님!

한편, 나팔 소리를 들은 사람들은…

군인들 이잖아?!

완전무장한 칠링가 병사 들이다! 기알포 나리 께 알리자!

랑달 대령이 이끄는 푼잡*의 영국군 대대가 마침내 한 번도 범해지지 않았던 왕국, 티벳 땅에 발을 들여놓았다.

대령님, 우린 가장 위험하다는 길을 아무 장애도 만나지 않고 지나왔습니다.

그렇 습니다!

저 무지한 이교도들이 전혀 눈치채지 못한 것 같기는 합니다만… 뭔가 불길한 예감이 들어요!

윌리엄 신부님, 걱정 마세요. 신께서 우리와 함께 계시지 않습 니까? 문명을 전파하는 성스런 임무에 누가 대항 한단 말입니까!

옳은 말씀입니다, 대령님. 주님의 사랑이 곧 야만인들의 마음을 울리게 되겠지요.

그들에게도 마음이란 게 있다면 그렇겠지요, 신부님.

잠시 후, 군인들의 행렬에서 조금 떨어진 곳에서는…

고약한 원숭이들을 몰살시켜버리자!

천하무적 기알포 만세! 모조리 물리치자!

누가 우리를 당하겠어? 죄다 죽여 없애자!

한 놈도 남김없이!

침략자에게 죽음을!

*푼잡: 인도의 북부 지역—옮긴이

38

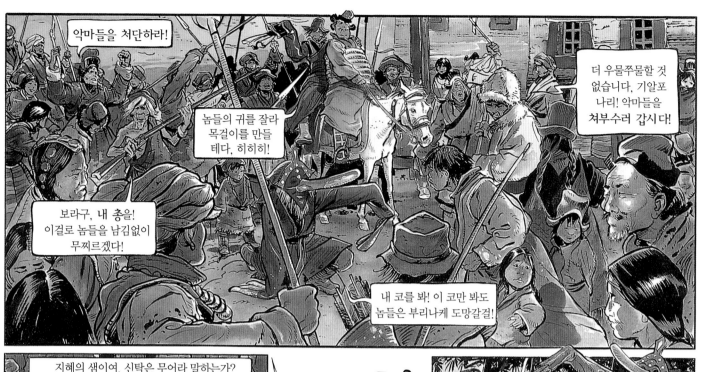

악마들을 처단하라!

놈들의 귀를 잘라 목걸이를 만들 테다, 히히히!

더 우물쭈물할 것 없습니다, 기알포 나리! 악마들을 쳐부수러 갑시다!

보라구, 내 총을! 이걸로 놈들을 남김없이 무찌르겠다!

내 코를 봐! 이 코만 봐도 놈들은 부리나케 도망갈걸!

지혜의 샘이여, 신탁은 무어라 말하는가?

예언서를 보았더이다. 때가 좋습니다. 아무런 장애도 없을 것이니, 지금 당장 공격하소서!

그렇다면 더 머뭇거릴 것 없다! 진군하라!

팡!

히히히! 봤지? 거의 맞출 뻔했다구!

하하, 멋지다! 놈들은 이제 망했어! 공격!

죽어라, 칠링가들!

놈들도 무장했다! 병사들은 방진(方陣)을 치도록!

와아애! 돌격! 악마들을 죽여라!

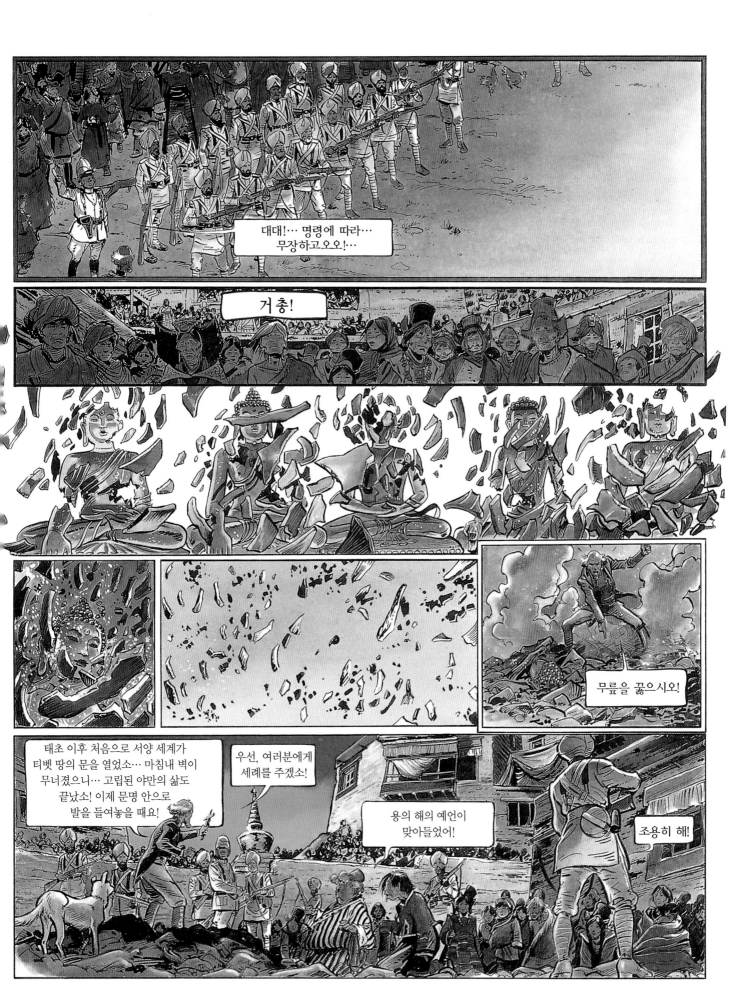

기알포, 그대는 티벳 땅에서 최초로 개종하는 영광을 입었소, 가장 크리스천다운 이름, 예수라 세례 주노라!

감사합니다, 신부님.

저, 신부님! 저도 아버지와 똑같은 이름으로 세례받을 수 있나요?

물론! 이제부터 그대는… 에, 또… 예수 주니어라 부른다, 아멘!

고맙습니다, 신부님!

잠깐만요! 신부님!

아말라! 아말라는

제 아내들 가운데 하나인데 곧 아들을 낳아줄 겁니다. 아들아이도 예수라 불러 도 될까요?

이제부터 여러분은 한 사람만 아내로 맞이 해야 합니다! 남편 한 명에 아내 한 명! 알겠지요? 저 여인이 아이를 낳거든…

작은 예수라 부르도록!

하아, 좋다! 정말 잘됐다! 감사합니다! 감사합니다!

빌어먹을! 뭐 이런 날씨가 다 있나! 수정처럼 맑은 공기에 타오를 것 같은 햇빛이라니! 담배가 다 녹아내릴 지경이군!

라사에 선교원을 세우는 즉시 주님께 기도부터 할 생각입니다, 대령님. 문명 사회의 날씨를 좀 맛보게 해달라고! 런던의 안개가 그립군요…

완두콩 퓌레도 먹고 싶고…

A. JODOROWSKY
GEORGES BESS.

42

# 가짜 툴쿠*

엄마! 엄마!
저기, 저 사람! 저 사람
좀 보세요!

어떻게 저렇게
빨리 뛸 수 있죠?
마치 날아가는 것
같아!

마르파, 저 사람은 룽-곰-파다.
소식을 전하는 라마란다!

어떻게
저렇게 달릴
수 있나요?

룽-곰-파는
마음으로 사물을
다스릴 수 있단다.
저 사람의 힘은
별에서 나오니
한순간도 하늘에서
눈을 떼서는
안 되는 거야.

*툴쿠: 승원의 가장 높은 지도자를 일컫는 말—옮긴이

별에서… 힘이?

! 

아마 중요한 전갈을 가져오나 보다… 마을 쪽으로 가고 있구나. 이리 오렴, 마르파, 내려가보자.

아트마와 마르파가 언덕을 내려가는 동안 잠시 기알포의 아들, 예수 주니어의 집을 엿보기로 하자…

아버님께서 오십니다, 나리.

이리 와라, 작은 예수야! 엄청난 소식이 있단다. 네 아비를 당장 만나야겠다!

작은 예수야, 어서 할아버지께 가봐라!

마침 잘 오셨어요, 아버님! 실내 크로케 놀이를 하려던 참이었어요. 윌리엄 신부님한테 배운 놀이인데…

좀 있다 하자, 주니어! 오늘은 시간이 없다. 룽-곰-파가 굉장한 소식을 가져왔구나! 네 아들 작은 예수는 툴쿠란다!

44

우리 아들이요? 작은 예수가?
환생을?

!

그것도 보통 환생이 아니다!
바로 큰스님 미팜이시란다! 승원의
최고 지도자! 견줄 데 없는 부와
권력의 보유자! 그래, 바로 그렇단다!

미팜을 대신해 승원을 맡은 미그마가 승려들을
이끌고 이곳으로 옵니다. 아이는 시험을 치르게
됩니다. 위대한 라마가 생전에 쓰시던 네 가지
물건을 알아맞혀야 하지요…

그깟 시험이야 식은 죽 먹기지!
우리한테 마땅한 영예가
아니더냐, 암! 내가 누구냐?
이 마을의 기알포 아니더냐?
이건 우연이 아니다!

얼마 후, 승려들이
기알포의 저택 앞에
자리를 잡는다…

… 마을 사람들도 침묵한 채
빠짐없이 연단을 둘러쌌는데…

아이를 데려오라!

이리 오너라, 아가!
내 앞에 와 앉아라.
이 물건들 가운데
네 개를 골라보거라!

?

?

오, 신이시여! 아가,
제발 잠들지만 말아라!

46

으응... 이것?

잘했다, 작은 예수! 위대한 라마 미팜의 종이다!

봤어? 단번에 위대한 라마의 종을 집었어!

아무렴, 역시 내 손자다!

이것!

이것도!

...
이것도!

잘했다, 작은 예수야! 아주 잘했어!

아이가 지혜와 자비를 상징하는 위대한 라마의 네 가지 물건을 집었도다! 이 아이는 우리 승원의 절대지존이신 위대한 라마 미팜이 틀림없다!

우리 아가, 넌 진짜 툴쿠다! 허허, 꿈이냐 생시냐! 이렇게 좋을 수가!

툴쿠 만세!

위대한 라마께서 돌아오셨다!

나팔을 불고 북을 울려라! 즐기고 기뻐하라! 가이없는 자비를 베푸시어 스승님께서 돌아오셨다! 우리를 이끌기 위해 다시 오셨다! 오늘은 좋은 날, 복된 날이니! 기쁨이 우리 심장을 가득 채우도다!

툴쿠 만세!

환생하신 위대한 라마 만세!

위대한 라마께 영광을!

48

ㅇㅇㅇㅇ…

마르파! 마르파! 정신차려, 아가! 대답 좀 해보렴!

아아아아…

무슨 일입니까?

우리 아가 가브리엘! 죽으면 안 돼! 제발 살려주세요… 제발!

무언가… 붙은 것 같은데요!

우리가 다가오니까 이렇게 된 것 같군!

마르파!

ㅇㅇㅇㅇㅇ…

하늘이 도우셨구나! 제발, 좀 도와주세요! 우리 아들 마르파가 경련을 일으켰어요! 조용히 놀다가 갑자기 이렇게 몸을 비틀어요!

옴마니반메훔… 옴… 옴… 옴마니반메훔…

그러자 아이 몸에서 빛이 뿜어나오기 시작했다…

오, 기적이다!

던돕! 추! 기다리고 있었다!

스승님!

49

미팜 스승님! 다시 뵈오니 제 영혼이 기쁨으로 출렁입니다!

내 벗들이여! 이제 내 보자기와 그릇과 종을 주게!

오, 위대한 라마시여! 당신 은혜가 끝이 없나이다!

가브리엘 마르파, 내 아가… 그럴 줄 알았다. 예사로운 아이가 아니었어… 네가 장차 세상을 구하겠구나!

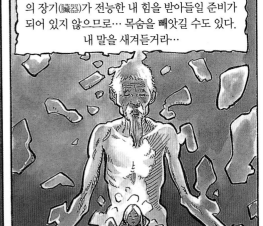

시간이 많지 않다! 아이의 힘이 소진해간다. 아이의 장기(臟器)가 전능한 내 힘을 받아들일 준비가 되어 있지 않으므로… 목숨을 빼앗길 수도 있다. 내 말을 새겨듣거라…

내 이곳에 있음은 비밀에 부쳐야 한다! 그렇지 않으면 배신자 미그마는 능히 나를 죽여 없애리라. 몇 해 동안 내 기억은 지워져… 나는 평범한 아이로 자랄 것이다. 추! 그대가 내게 지혜를 가르치고 훌륭한 전사로 키우라. 엄격하고 강인하게 나를 가르치라!

스승님을 진정한 전사로 만들어 드리겠습니다!

이제부터 그대는 이 집에 머물며 내 스승이 되라!

아들아, 어찌 그게 가능하단 말이니? 그럴 수는 없단다! 어떻게 이 집과 승원에 동시에 있을 수 있단 말이니?

하오나 스승님… 추가 이곳에 남는다면 미그마가 눈치를 챌 텐데 위험하지 않습니까! 승원에 남음이 마땅치 않은지요?

추는 이곳에 남을 것이나 승원에도 있으리라!

?

추는 답을 안다! 여러 해 전부터 이 날을 위해 필요한 기술을 그에게 가르쳤더니라!… 이제 잠들어야 한다. 그렇지 않으면 아이가 목숨을 잃으리라!

아트마, 그대 품으로 돌아간다. 나를 맞으라!

내가 위대한 라마임을 잊으라! 다만 어머니의 사랑을 나에게 베풀라! 삶의 첫발을 내딛도록 나를 도우라. 그대 사랑 없이는 나를 기다리는 시험을 이길 수 없을 것이니!

마르파, 오오! 내 아가!

엄마! 너무나 이상한 꿈을 꾸었어요!

아아, 다행이다! 정신이 돌아왔구나! 아, 고맙습니다!

옴, 부르부바 스바타 사비투 베레니얌
바르고 데바샤 디마히

디오 요 나 프라초다얏 옴,
부르부바 스바 옴, 림, 라움…

탓 사비투 바레니얌
바르고 데바샤 디마히…

디오요나… 프라초다얏…

옴, 부르부바 스바…

그대와 나 사이에는 갈라짐이 없으리오! 내 임무를 완수할 그날까지만 이 세상에 남으리니! 일을 마치면 나는 녹아 없어짐이어라!

현실의 어떤 유혹에도 굴복해선 안 되리! 기억하라! 새겨두라! 그대는 다만 환영일 뿐임을!

다만 환영이겠지요. 그러나 추의 명예를 물려받았으니… 이 몸은 무예의 스승이며 죽는 법을 배운 이입니다…

… 또한 감히 소유의 욕망에 무너지는 것은 이 몸을 더럽히는 일!

나 자신과 내 힘을 온전히 믿으니 그대 또한 온전히 믿는다!

이제 떠나야 하네!

그대 맡은 일을 해내는 것만 남았도다. 스승님, 인사 드리고 물러납니다!

A. JODOROWSKY
& G. BESS.

# 제2의 눈

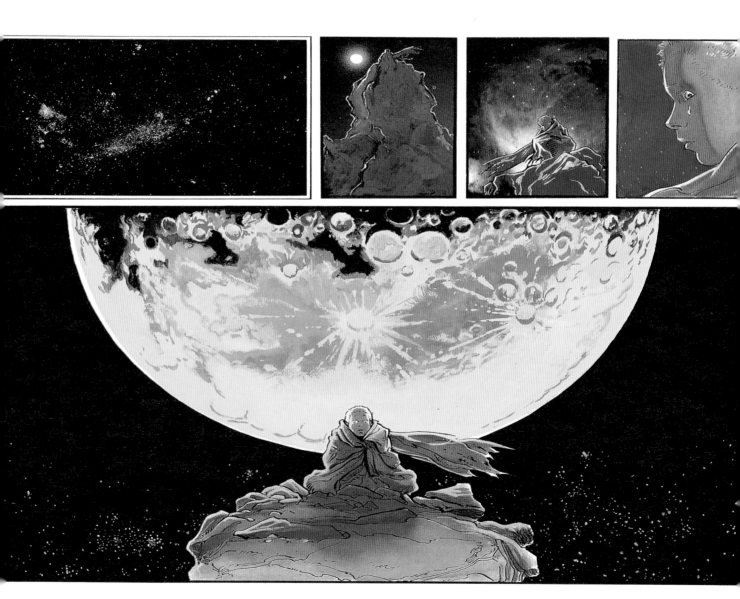

으어어!

탕

JODOROWSKY
GEORGES BESS

# 교리,스승, 그리고 제자

… 몇 년 사이에 어떤 모습이 되었나 보자.

얍!
얍!

준비됐어요, 스승님! 표적을 던지세요!

파

잘했다! 이제 동시에 여러 개의 표적을 맞출 수 있는지 한번 보자!

얼마든지 던져보세요!

자! 하나!···
둘!··· 셋!···
넷!

좋다! 그럼
너희들 모두
가브리엘
에게 덤벼
라! 꼬마
녀석을 때려
눕혀봐라!

이야아압!

으랏챠!

됐다, 그럼. 나와 대적하기엔 아직 역부족인가 보구나!

하지만… 언젠간 스승님을 이기고 말 거예요…

반드시 그렇게 하고 말 거야!

카라반이다!
카라반이 와요!

# 사원의 두꺼비

쿠텐! 당신이군요!
아아, 정말 당신,
돌아왔군요!

아버지!

아트마, 가브리엘!
보고 싶었소! 가족들
생각뿐이었다오!

저런, 우리
가브리엘은 훌쩍
자랐구나!

페마! 처제는 이제 아리따운
처녀가
되었군!

봐라! 연발 소총이다!

오

단 하나 남은 것을 어렵사리 구했지! 계속해서 여섯 발을 쏠 수 있는 총이다!

여섯 발이나?!

탕! 탕! 탕! 탕! 탕! 탕!

몇 년 전에 이것만 있었더라도! 아버님께서 예티를 잡겠노라 맹세하신 지 벌써 이십 년… 하지만 그 뜻을 이루지 못하고 돌아가셨지…

아버님을 대신해 예티를 잡으려 애썼지만 실패했다! 가브리엘! 넌 하나뿐인 내 아들이다! 내 유일한 상속자야! 이 일에 우리 가문의 명예가 걸려 있다!

언젠가는 이 땅도 가축도 재물도 모두 네 것이 된다… 우리 명예를 지키는 일 또한 네 몫이 될 게다… 지금, 이 자리에서 맹세해주겠느냐? 이 아비가 죽으면 네가 온 힘을 다해 저 괴물, 예티를 죽여 없애겠다고…

맹세할게요, 아버지…

왔느냐!

예, 약을 넣은 맥주를
먹이니 이내 정신을
잃었습니다,
경외하는 스승님!

70

수고했다, 게이룽!
네 충직함과 성실함을
가상히 여겨 불로장생의
영약(靈藥)을 네게도
내려주마…

아슬아슬했더니라!
샘이 거의 말랐어…

꽈르르

자, 이제 사십 일 동안
금식해야 한다. 영약이 효험을
가지려면 그리 해야 해!

알겠습니다, 스승님
…그런데 사십
일이나… 금식을?!

여신상의 등을 열고
이것들도 마저 던져
넣어라!

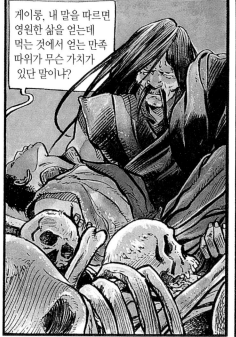

게이룽, 내 말을 따르면
영원한 삶을 얻는데
먹는 것에서 얻는 만족
따위가 무슨 가치가
있단 말이냐?

물론입지요, 스승님!
물론입지요!

71

축제 속의
고독

아트마, 아주
성대한 축제가
될 거예요!
오늘따라
눈부시게
아름다우시네요!

아름답기는요…
그럼 이만…
사람들을 맞으러
가봐야 해요.

아얏!

곰포! 머리털 다 뽑히겠어! 날 빡빡머리 승려로 만들어놓을 셈이야?

가브리엘 도련님, 가만히 좀 계세요! 땋은 머리가 꼿꼿이 서 있어야 해요. 버터도 적당히 발라줘야 하고요. 안 그러면 주인 나리께 경을 칩니다!

쳇, 이게 뭐야. 우스꽝스럽게… 페마, 난 나가지 않을 테야!

가브리엘, 전통인 걸 어쩌니. 땋은 머리는 네 운명과 이 세상의 축을 나타내는 거야… 신들과 천체와 인간이 똑같이 움직인다는 걸!

그 덕분에 장차 네 미래를 예언할 수 있는 거고! 자, 어서 가자. 오늘 축제는 널 위해 베풀어진다는 걸 잘 알면서 왜 이렇게 고집을 세우니!

안 간다니까, 페마!

이 꼴로는 … 절대 안 나가!

제발 어린애처럼 이러지 마… 마당 가득 모여든 사람들은 어쩌고? 아까부터 기다리는 어머닌 또 어쩌고!

허어, 무슨 일인고? 쿠텐 일가가 아직 다 모이지도 않았단 말인가?! 나 같은 늙은이 맞아들이는 일 따위는 아무래도 좋다는 것이냐?

무슨 말씀이십니까, 존경하는 어르신! 현자 중의 현자시며 위대한 이 가운데 가장 위대한 이여! 제 자식놈도 금방 나타날 것입니다…

페마, 가브리엘,
어서 와 인사드려라! 티벳 땅에서
가장 연장자이시며 가장
현명하신 분, 쳰 탁 어르신이다!

지극히 보배로운
것이로다! 고맙게
받음세, 쿠텐! 허나,
한 가지 일러둘
말이 있네!

보잘것없는
선물이지만
받아주신다면
기쁘겠습니다!

어르신께서는 달라이
라마의 조언자셨단다!
이렇게 참석해주신 것은
크나큰 영광이다!

어르신께 드리기
엔 모자란 선물
인지라… 부끄럽
습니다!

호오, 참으로
귀한 것이로다!

오래 전, 자네 아비가 자네
미래를 예언하도록 점성가들을
불렀지. 그들은 자네가 장차
고을에서 가장 부유한 이가
될 것이라 했네. 그 말대로
되었음은 두말할 나위가 없구
먼. 그런데 그날, 자네 아비가
맹세한 것이 있으니…

당신이 못하시면
당신 자손이라도
해내리라 하셨지요!

자네 아비의 맹세를 자네 손으로 이루지 못한다
면 가문의 이름이 영영 더럽혀지고 말 것인즉…

어르신, 오늘
이 자리에서
선친의 맹세를
거듭 못박겠습니
다… 어르신이
세상을 뜨시기
전에 기필코
예티의 가죽을
갖다드리겠
습니다!

압니다, 어르신! 무슨 말씀을
하시려는지 알겠습니다. 그날,
선친께서는 술에 취하셔서 예티
를 죽이겠다고 맹세하셨지요.

우리 믿음에 따라 아무리 하잘
것없는 동물이라 해도 살생하지
않았습니다! 그러나 예티는
동물이 아니라 포악한 괴물입니
다! 반드시 싸워 이기겠습니다!
제가 풀어놓은 사람들이 며칠째
놈의 뒤를 쫓고 있습니다.
기어이 놈을 잡겠습니다!

쿠텐, 꼭 그렇게 되길 바라네…
자네와 자네 자손을 위해서 말이야.
자, 이제는 즐기도록 하지!

한 가지 중요한 사실을
잊은 듯하구먼, 쿠텐!
자네 아비는 내게 따로
맹세하였다네. 내 죽기
전에 반드시 예티의
가죽을 밟아볼 수 있게
해주겠다고 말일세!
헌데 이제 내 살 날도
얼마 남지 않은 것
같으이!

호오, 귀여운 것! 페마 저것이 어느새 저리 숙성했을꼬…

나풀대는 것이… 공작새가 따로 없네 그려. 첩으로 들어앉히면 딱 좋겠구먼!

음탕한 돼지 같으니!

총! 달려오길 잘했다! 이번이야말로 놈을 잡을 절호의 기회야!

서두르시지요, 나리…

… 놈이 어디 멀리 숨기 전에 빨리 가셔야 합니다!

시간이 없다! 축제는 이제 막 시작되었으니 괜찮다. 점성가들은 밤이 깊어야 당도할 테니…

놈을 추적한 지 벌써 며칠짼지 모릅니다… 마침내 예서 멀지 않은 곳에 놈을 붙들어 두었으니 이번엔 꼭…

연발 소총이 있으니 악마와 싸우는 것도 어린애 장난이야! 반드시 놈을 잡아 예언의 의식이 시작되기 전에 돌아와야 한다!

신들이 우리 편에 계시다면 첸 탁 어르신은 축제가 끝나기 전에 예티의 가죽을 만져보실 수 있을 것이다!

몇 시간 후…

여기서부터는 걸어가시는 게 낫습니다, 나리… 예티는 저 위, 협곡으로 숨었습니다. 물론 우리가 풀어놓은 사람들이 놈을 포위하고 있습지요… 도망갈 구석은 없습니다.

좋다, 어서 가자!

쿠텐···

탕 탕

탕

이번엔 절대 빠져나가지 못한다, 예티!

이 순간을 위해 마지막 한 발을 남겨두었다!

83

해가 진 지 오랜데…
점성가들이 예언을 시작해야
하는데 쿠텐이 보이질
않으니 어찌 된 거지?

허어! 무슨 일인고!
예식의 절차란 반드시
지켜져야 하는 법인 것을!
대체 쿠텐은 어딜 갔단
말인가?

라드레
미초 낭칙…

우리 계산은 가브리엘 마르파가 태어난 장소와 날짜와 시간에 의거함이라…
또한 이 계산은 3분의 1 대좌(對座)와, 황도(黃道)와, 4분의 1대좌의 작용, 그리고 행성들끼리 빚어내는 상반된 영향력에 기초를 둠이라… 이제 우리는 저 아이의 미래를 한치 빗나감이나 어긋남 없이 예견할 수 있으리니…

라드레 미초 낭칙…
신들과 천체와 인간이 똑같이 움직이도다…

가장(家長)이 참석치 않음은 이 예식에 대한 모욕이다! 이 무슨 삿된 짓인가!

도대체 쿠텐은 어디 가서 뭘 하는 게야?… 어쩌자고 손님들을 이렇게 기다리게 만드는 거지…

언니, 예식은 벌써 시작되었어요!… 크게 흥잡힐 일인데 어쩌면 좋지요…

신들과 천체와 인간이 똑같이 움직이도다… 라드레 미초 낭칙… 신들과 천체와 인간이 똑같이…

아버진 관례를 어기실 분이 아니야… 분명 무슨 일이 있는 거야…

주인 나리가! 다치셨다!… 들것에 실려 오신다!

쿠텐! 무슨 일예요?!

아버지!

아트마…
예티… 놈에게 당했소…
뼈가 모두 으스러졌소…

죽기 전에 이 땅의 새 주인… 내 아들 가브리엘의 운명을 알고 싶소! 말해주시오, 어서! 부탁이오!

가보아라, 가브리엘! 힘이… 빠지는구나…

아버지… 아버지…

라드레 미초 낭칙…

들으시오, 쿠텐! 이 아이는 절대로 이 땅의 주인이 될 수 없다오!

그렇다면… 저주받은 것이군요!… 나도, 내 가족도 모두…

그 반대요! 당신들은 모두 신들의 축복을 입었소… 가브리엘은 승원에 들어갈 것이오. 거기서 승려로서 가르침을 받으리이다. 혹독한 시험과 시련 끝에 그는 자신이 누구인지 알게 될 것이오… 그 영혼의 빛이 티벳 땅은 물론이요 국경 너머 저 머나먼 곳까지 밝히게 되리다!…

가브리엘은 모든 것을 잃을 것이나… 바로 그 무(無) 위에서 새로 출발할 것이오… 이것이 그의 운명이니 그가 진리를 구원하리이다!

아니야! 아버지! 아니에요!

절대로 아버지를 배신하지 않을 거예요!… 전 아버지 이름을 물려받은 유일한 존재인걸요! 무슨 일이 있어도 아버지의 재산을 포기하지 않을 거예요! 아버지! 제가 복수해드리겠어요! 예티를 잡고 말겠어요… 맹세해요! 맹세해요!…

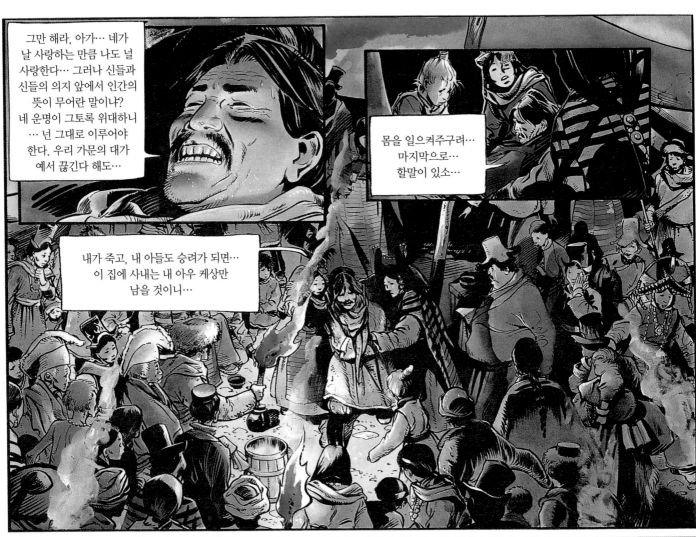

그만 해라, 아가… 네가
날 사랑하는 만큼 나도 널
사랑한다… 그러나 신들과
신들의 의지 앞에서 인간의
뜻이 무어란 말이냐?
네 운명이 그토록 위대하니
… 넌 그대로 이루어야
한다. 우리 가문의 대가
예서 끊긴다 해도…

몸을 일으켜주구려…
마지막으로…
할말이 있소…

내가 죽고, 내 아들도 승려가 되면…
이 집에 사내는 내 아우 케상만
남을 것이니…

페마가 합당한 배우자를 찾을 때까지 재산을 관리하라…
페마가 혼인하면 땅과 나머지 재산은 페마와 그 배우자에게
돌아가야 한다…

내 재산이 비록 아내인 아트마에게 돌아간다고는 하나
그 행사권은 아우 케상에게 남기겠다…
가족의 안녕을 위해 현명하게 재산을 관리하리라 믿는다…

전통에 따라 아내
아트마와 처제
페마는 내 아우의
뜻을 따르게 되리
라… 케상은 우리
재산을 늘리는 데
힘쓸 것이며…

당신들은 모두 내 마지막 뜻의 증인이 되리라…

다음날…

아까운 줄 모르고 여편네한테
돈을 탕진하다니… 형님은
헛살았어! 이젠 그렇겐
안 될 거야! 다 끝났어!

앞으로는 편안하게만 살 생각은 버리세요!
밥값은 해야지요, 형수! 웃으며 값비싼
장신구 따위, 이젠 필요 없으니 다
치우시오! 화려한 날들은 이제 끝났어요!

이제부터는
매운맛
좀 보게
될걸!

앞으로는 여기서 살도록 해요…
다른 하인들에게 모범을 보이면서
말이오… 하녀들 열 몫은 너끈히
해내리라 믿어도 되겠지요?

… 다 그 녀석
잘되라고 하는
일이지, 암!

가브리엘이 떠날 때까지는 예서 한 발짝도
움직이지 마쇼! 물론 이별 인사랍시고 눈물 쥐어짤
생각도 하지 마쇼! 이젠 엄마 치마폭에 싸여 한가로이
놀 때가 아니란 걸 녀석도 알아야 하니까!
녀석에게는 엄격한 훈련이 필요해…

네 영혼이 구원받자면 고통과 불행에 익숙해져야 할 게다!

천하에 쓸데없는 녀석! 변덕이나 부리는 게을러빠진 놈!

한심한 몽상가 녀석!

네 아버지 살아 있을 때 일은 다 잊는 게 좋을 거다! 네 운명은 승려가 되는 것이니까! 비천하고 보잘것없는 승려 말이다!

네 옷가지는 찢어 없애고 화살은 죄다 부러뜨리고 장난감 나부랭이는 불태우겠다! 이제 혹독한 수련이 시작되었다는 걸 명심해라!

지금 걸친 그 옷 한 벌에 그릇 하나, 나무 잔 하나, 염주 하나, 칼 한 자루, 신발 한 켤레, 그리고 볶은 보리 한 자루면 충분할 거다!

뜻… 뜻대로 하세요!

썩 나가거라! 승원에서 받아주지 않는다 해도 여기 다시 발 디딜 생각은 말아! 돌아와도 이 집에 다시 들이지 않을 테니까!

알아들었니, 흰 원숭이야? 가서 승려가 되든지, 빌어먹든지, 어쨌든 이 근처엔 얼씬도 말아라!

콱

어머니!…

어… 어머니!

91

# 너는 독수리들의 왕이 되리라

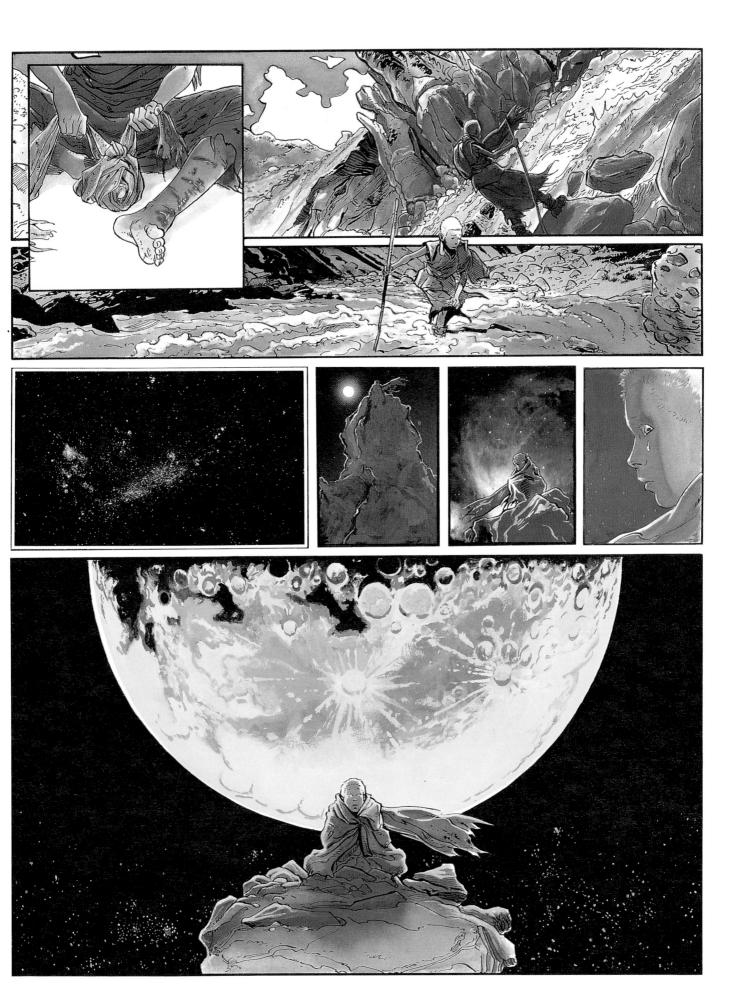

옴
숨결이여 일어나라.
침묵과 천둥이여,
저 앞에서 태어난 반복과 순환이여,
근원이여, 가서 숨결을 일으키라!

반메
비전을 명상하라.
현실의 깨침이여,
심장의 공간이여,
가서 비전을 찾으라!

마니
길을 발견하라.
금강석 같은 영약이여,
질료인 정신이여,
가서 길을 찾으라!

훔
합일을 찾으라.
산산조각난 부분들의
움직임이여, 가서
합일을 찾으라!

눈물을 그치거라…
뜨거운 물을 마시면
되지 않겠느냐!

성스런 은자님,
제 설움에 우는 것이
아닙니다…

제 배고픔 따윈 중요하지
않습니다. 하지만 제 잘못
으로 이 세상의 행복을 위
해 쉬지 않고 정진하시는
성스런 영혼께서 고통받게
되었으니… 그것을 견디기
어렵습니다. 출발할 때
자루 속을 확인했어야
했는데… 돌이킬 수 없는
잘못을 저지른 것입니다.

실망하지 말거라!
너는 내게 보리를 바칠 수
있다! 보물이란 진정한
사랑을 지닌 이에게
주어지는 법!
오직 사랑 안에서 괴로움을
덜어줄 귀한 것을
퍼올리는 것이란다!

그리 되라 **명령만** 하면 바위도
음식이 되는 것! 이리 오너라!

이 바위를 쳐라!
거기 네 보리가 있구나!

어서! 치라니까!

네… 네,
은자님!

보리가!
찬파가!
마구 흘러나오네!

네 자루를 채워주마,
가브리엘! 네가 바위에서
보리를 만들었으니,
이건 네 것이다!

하지만
성스런 은자님!
전 아무 일도 하지
않은걸요!
기적은 저를 불쌍히
여기신 은자님이
일으키신 것이
아닌가요!

다시 단단한 바위가 되었어!

가브리엘! 기적을 행한 것은 너다!
나는 그저 네가 가진 힘을 볼 수 있게
해주었을 뿐이다. 네가 누구인지
깨닫도록 힘쓰거라!

! 

다시 한번 해보아라! 또 쳐보아라!

퍽

아얏!

내가… 어떻게 기적을 일으키겠어?

쳐보라니까!

보세요! 손만 다친걸요! 기적을 일으키신 것은 은자님이시잖아요!

여기, 은자님 곁에 남아 있도록 해주십시오! 마법을 가르쳐주세요!

가브리엘 마르파, 진정 내가 너보다 뛰어나다고 믿는 것이냐?

가거라!… 네게는 이루어야 할 목표가 있다! 그것은 내가 아니고 너 자신이야! 여긴 네가 머물 곳이 아니다!

하지만 은자님… 저는…

아얏!


99

# 세 개의 귀

# 시험과 기적

텅!

쿵 쿵

문 좀
열어주세요!
제발! 문 좀
열어주세요!

제발…
열어주세요!

내가… 잠들었구나…

아무도 나를 데리러
오지 않았어. 잊어버린
거야. 나를 여기 두고,
잊어버린 거야!

우욱! 몸이 바스러질 것 같아…
안 아픈 데가 없어… 머리가
빠개질 것 같아! 너무…
너무 힘들어…

혼자 이렇게
고집 부려봤자 뭐해?
오래 버티지 못할 게
뻔한데…

* 고타마: 싯다르타의 다른 이름―옮긴이

에쿠! 이놈의 바람! 돼지를 덮은 천이 날아가 버리잖아! 이런…

돼지? 대체 이 승원에서 누가 고기를 먹는 걸까? 짐승의 피를 흘리는 것은 금지되어 있는데!…

그냥 둬! 어서 가자!

오, 불쌍한 짐승… 신께서 네 영혼을 받아주시길…

저런 가여운 짐승들이 겪는 고통에 비하면 이깟 추위와 고통은 아무것도 아닌걸…

!

!

이건! 돼지를 덮었던 천…

# 고양이의 왕

BESS & JODOROWSKY

어라!
이건 뭐야?

이봐!
이리들 와봐!
칠링가야!
빨리 와보라니까!

움직이지 마,
가브리엘! 고양이 중에
제일 무서운 놈이야…

고양이들의 왕이시여,
오해하지 마소서… 우린
그저 밤 산책을 좀 하려는
것뿐이랍니다!

그르르르릉!

가브리엘! 뭘 하고
있어? 어서 선물을
바치지 않고?

붓다께서는
살생을
금하셨어…

생쥐들을 다
놓아주었는걸!

뭐라고? 그럼 넌 죽었다!
저 고양인 혼자서 말도
거뜬히 죽일 수 있단 말야!

잘가라,
친구!

덤벼들지 않을 거지…
고양이의 왕이여…
넌 현명하고… 내가
널 사랑한다는 걸
아니까…

우린… 친구였잖아?

잘 생각해봐…
우린 옛날부터 알고 지냈잖아…
우린 오래 전부터 친구였어…

어디 보자,
네 이름이 뭐더라…

네 이름이…

아! 그래! 생각났다! 이제 알았어!
네 이름은…

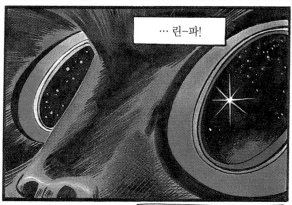

… 린-파!

이, 이럴 수가… 넌…
넌 신들의 보호를 받는구나,
가브리엘…

네 '친구' 좀 그만 쓰다듬어.
가르릉거리는 소리에 승원이 통째로
흔들릴 지경이야!

좋아, 린-파, 좋아! 기꺼이
네 주인이 되어주겠어…

하지만 다른 고양이들한테
우리가 지나가게 그냥 두라고
꼭 이야기해야 해, 알았지?

그럼, 너만
믿는다!

당나귀들의 왕

A. JODOROWSKY
G. BESS.

…쿨…

헛헛… 고양이의 왕께서
누추한 이곳까지
찾아주시고…

냐오옹…

쨍

무슨
소린고?

거기 누구냐?
썩 이리 나오너라!

옴마니반메훔!

옴마니반메훔…

작은…
예수…

톱덴! 저런 예식은
처음 보는데?!
어… 어떻게 된 거지?

승원에서 가장 높은 지도자를 툴쿠라고
하지… 그런데 저놈은 엉터리야…
위대한 라마 미그마가 후견인으로 있는데,
그는 자신의 권력을 확실히 해두기 위해
녀석의 갖은 변덕과
바보짓을 눈감아주고 있어.

히힝!

히힝! 히힝! 당나귀 승려처럼
너희들도 히힝, 히힝 해봐!

보다시피
저 얼간이 툴쿠는
성스런 예식의 진행을
맘에 드는 당나귀에게
일임한 거고!

히힝… 히힝…

나… 작은 예수랑 같이
히힝, 해봐!

히힝… 히힝…

끔찍하구나!
승려들이 가엾어!…
어쩌다가 이 지경까지
이른 거니?

어쩌다 이 지경이
되었냐고? 이건
아무것도 아냐…
따라와!

서로 찔러라!

하지만… 저건 우리 믿음을 송두리째 부정하는 것이잖아?

믿음? 미그마는 그런 건 관심 없어! 그 작자는 재물과 권력밖엔 몰라!

그럼 승원의 고승들은 대체 뭘 하는 거야?

고승들? 궁금하다면 보여주지.

얼마 후…

포기하지 마시오! 배반자 미그마에게 복종해서는 안 되오!

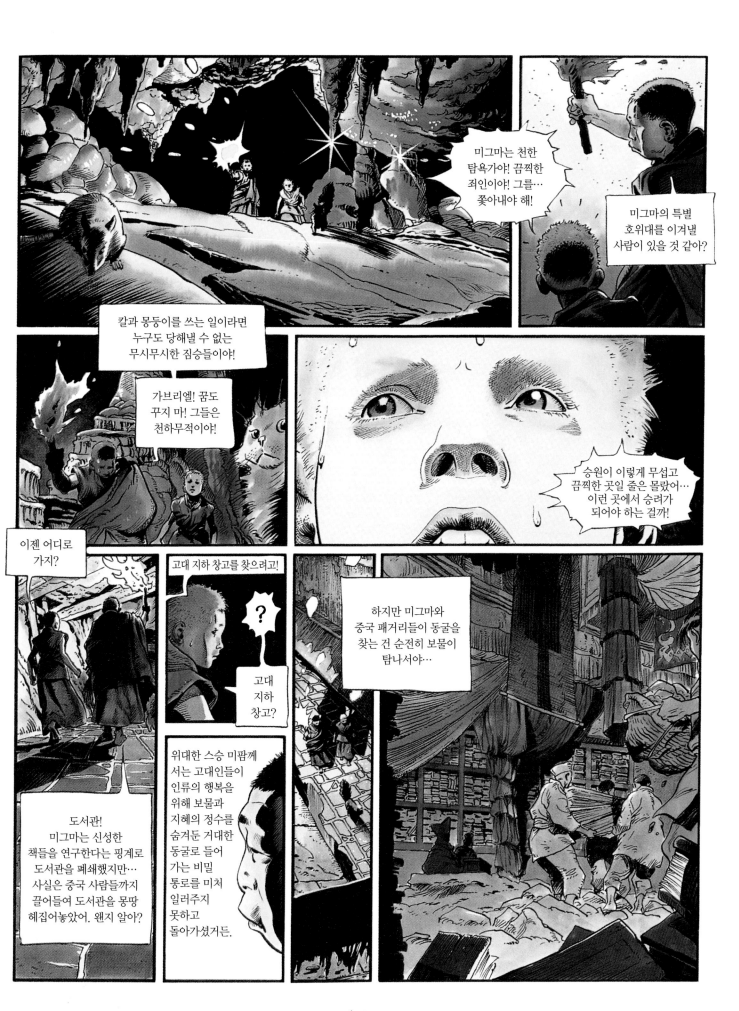

귀한 책들이 그득한 도서관
마저 유린당해… 중국인들이
마구잡이로 파헤치고…

저기, 저자가
배신자 미그마야!

그 옆엔 중국 대사고… 미그마는 자기
신분도 잊은 채 중국인에게
차 대접까지 하며 아첨하고 있군!

탐욕과 이기심 때문에 나라를
외국인에게 팔아먹는 일까지
서슴지 않는 거지!

아아, 얼굴이
뜨거워져!… 무섭고…
끔찍해!…

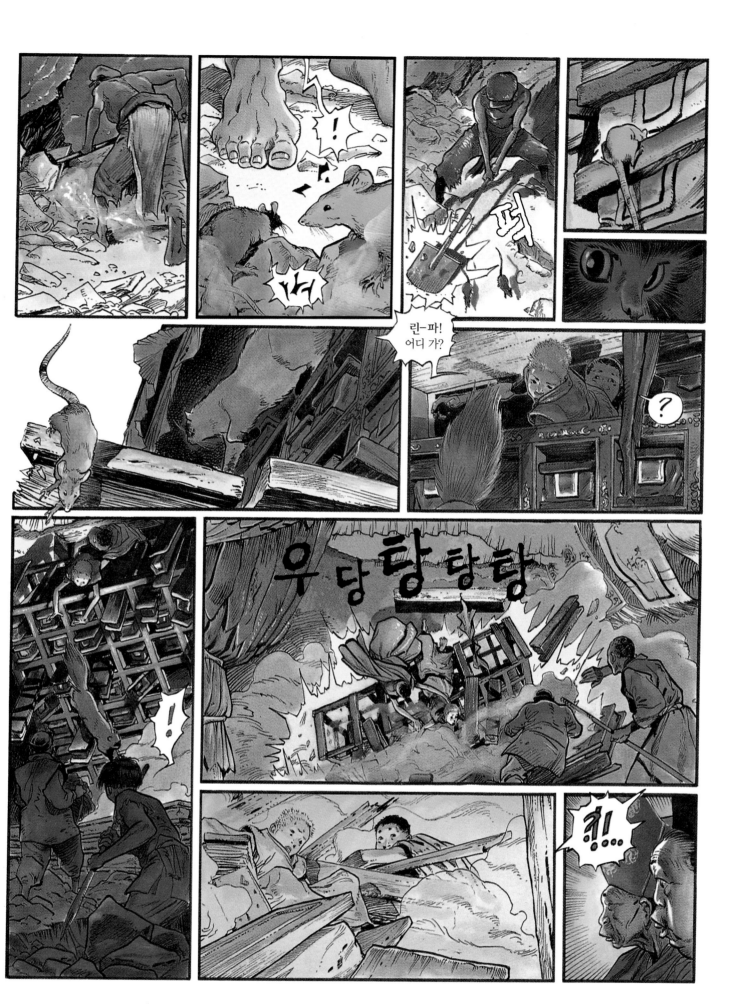

네 나이가 비록 어리기는 하나
너를 다 큰 사내라 여기고
말하겠다… 이미 그럴 자격을
갖추었으리라 믿기 때문이다.

사람은 자신의 길을
오직 스스로의 의지로
선택해야 하는 법!

지금 이 시각에도 감찰승려들은 너를 찾고 있다.
원한다면 여기 남으라. 너를 숨겨주마. 허나 십중팔구,
그들이 너를 찾고 말리라.

붙잡히면 모진
고초를 겪을 것이다…

원한다면 도망치게 도와주겠다.
너는 장사로 큰돈을 벌 수 있다.
네 몸은 쾌락을 맛보고
부유함을 누릴 것이다.

허나 네 영혼은
얻는 것이 없으리라…

허나 네 정신은
크게 깨우치리라.
가혹한 시련 끝에
크나큰 보상을
받을 것이다.

떠나겠느냐…
남겠느냐?

네가
결정하거라.

139

대부분의 존재들이 느끼는 평범한 지각의 세계 안에서는 이 신호가 들리지 않는다… 그러나 지금 우리가 하려는 것처럼 세번째 귀를 '열고 나면', 송과선*이 소리의 진동을 정신적 영상으로 바꿔주느니라.

우주에 존재하는 인간과 동물과 돌은 제각기 유일하다, 가브리엘! 가장 미세한 알갱이 하나, 가장 멀리 있는 별 한 개도 나름의 소리를 갖고 진동을 보낸다! 진동이 곧 그들의 신호이다.

네가 '보게' 될 것은, 그러므로 이 세상 만물이 발산하는 영기(靈氣), 곧 '아우라'이다… 그것을 보고 나면 현상 세계를 느끼는 네 감성은 확연히 크고 넓고 깊어지리라.

이제 네 혀 아래의 소대(小帶)를 내가 자를 것이다. 가브리엘, 너는 전사다. 모든 힘을 모으거라.

추! 아이가 움직이지 않도록 무릎으로 단단히 붙잡게나!

* 송과선(松果腺): 제3뇌실(腦室)의 후부에 있는 작은 솔방울 모양의 내분비 기관—옮긴이

오래 걸리지 않는다.
야크*의 버터를 바르면
일이 더 쉬우니라…
잠시 숨을 참으라!

* 야크: 티벳 등 고원 지방에 사는 소과의 짐승—옮긴이

됐다! 이제 네 혀는
자유로워졌다, 가브리엘!

아… 아뇨,
스승님… 저를
위해 이렇게
애쓰시니…
감사합니다!

가장 어려운 일이 남았다…
너라면 아마 잘해낼
것이라 믿는다.

이제 내 말을 잘 듣고
그대로 따르라.
혀를 목젖 안쪽을
향해 돌려보아라.

아주 잘 참았다.
많이 아프냐?

혀끝으로 입천장의 한 지점을
찾거라… 조금 부푼 부분이
있을 것이야… 그곳이
느껴지거든 눌러라!

안쪽…
으로요?

예,
스승님.

찾았느냐?…
좀더 위쪽이다! 그래,
거기! 거길 누르거라!

그렇게 누르면 송과선의 움직임이
활발해진다. 처음에는 몸 전체로
진동이 느껴질 것이다.

144

이제 균형을 잡고
있기 힘들어질
것이며…

조금씩, 조금씩
네게 다가오는
소리가 커지면서…
그 성질이
바뀌어…
네 안에서
나오는…

사물의 형상이 바뀌고…
마침내 빛깔이 나타난다!
지금까지는 존재조차 몰랐던
무수한 빛깔들이…

너는 질료가 만들어내는
소리를 보는 것이다…
너는 색깔과 빛의 소리를
듣는 것이다…

푸른 소리, 초록빛 소리,
붉은 소리, 노란 소리…
소리들이 제각기
뚜렷한 물결이 되어
네게 다가선다…

이제 너는 우리의 생각을
보게 된다!

146

# 환영… 모든 것이 환영일 뿐

재연스님

### 천사 가브리엘과 성자 마르파의 만남

지리적으로 쉽사리 접근하기 어려운데다 주민들 스스로 폐쇄적이었던 까닭에 티벳은 비교적 늦게까지 외부 세계와 격리되어 있었다. 그러나 히말라야 뒤쪽 은둔의 땅도 끝내 베일 속에 숨어 있을 수는 없었다. 20세기 초 유럽인들이 하나 둘 발을 들여놓기 시작하면서 라마들의 사원은 차츰 그 신비를 드러내기 시작했다. 이 책의 허두에 그려진 것처럼 야만인 이교도(!)들에게 그리스도의 복음을 전하려고 금단의 땅에 도달하는 윌리엄 신부 일행도 그들 가운데 하나일 것이다. "쇠로 된 새가 날아다니는 날, 불법(佛法)이 서쪽으로 가리라." 천년도 넘는 오랜 옛적 티벳 불교의 중흥조 파드마삼바와 Padmasambhava가 예견한 대로였다.

이 이야기의 주인공 가브리엘의 탄생과 성장, 그리고 그 뒤에 이어지는 이야기는 이미 널리 알려진 티벳의 성자 밀라레파(Mila-ras-pa, 1040~1123)의 생애와 너무나 닮아 있다. 다만 밀라레파라는 이름 대신 그의 스승이며 티벳 불교 각규파(bka-rgyud-pa)의 개조인 마르파(Mar-pa, 1012~1097)의 이름을 쓰고 있을

뿐이다. 그러나, 주인공의 아버지 가브리엘이 바로 마리아에게 아기 예수의 탄생을 알리는 천사의 이름이라는 점을 생각하면 당연한 설정일 수도 있다. 즉 주인공의 육신을 만들어준 아버지가 가브리엘이라면, 마르파는 미혹에 빠진 혼을 일깨우고 보살의 길을 가르쳐준 스승, 곧 영혼의 아버지인 셈이다. 곧 티벳 땅에서 태어난 흰 원숭이(!)의 영웅담이라는 틀 속에 서구인의 시각을 통한 티벳 신비주의를 그려 넣고 있는 것이다.

### 티벳의 밀교 수행과 만트라

서기 10세기 이후, 특히 무슬림들이 침입하면서 인도 불교도들이 히말라야를 넘어 티벳 땅에 들어가는 일이 빈번해졌지만, 이 지역에 처음 불교가 전해진 것은 7세기 중엽 중국을 통해서였다. 옛부터 이 오지에 본(Bon)교라는 전통 무속신앙이 널리 행해지고 있었는데, 불교가 유입되면서 두 종교는 심각한 대립 속에서도 서로 영향을 주고받게 되었다. 즉 외래 사상인 불교가 부분적으로 본교를 수용하여 신비주의적 색채가 별나게 강한 라마교가 형성된 것처럼, 본교는 정밀한 불교 교리를 받아

들여 자기들의 신앙 체계를 재정비한 것이다. 라마 불교는 이렇게 인도의 좌파 밀교(密敎)와 티벳 전통 무속신앙의 혼합체라고 할 수 있다.

밀교는 이 생에 완전한 깨달음과 세속적인 건강과 부, 그리고 세속적인 권력을 획득하는 것을 목표로 한다. 이 상반된 가치의 추구는 일견 비논리적인 것으로 비쳐지는 게 사실이지만, 인도 불교에 이런 경향이 두드러진 것은 6세기 이후의 일이었다. 이러한 사조는 고대 농경사회에 만연했던 주술과 마법, 희생 의식, 대지 신앙, 다산(多産) 의식 따위의 원시신앙과 지혜를 강조하는 소위 이성적 종교인 불교 전통의 기묘한 결합이다. 좌파 밀교의 에로틱 신비주의와 자연의 생성력(shakti)에 대한 신앙은 드라비다 족의 모계 전통과 원시적인 사고로의 복귀를 의미하는 것이다.

티벳에서 가장 두드러진 밀교 교파 가운데 하나로 금강승(金剛乘, Vajrayana)을 들 수 있다. 여기서 'vajra'는 본시 힌두 신화에 나오는 인드라(帝釋天)의 무기로 번개를 가리키며, 금강석을 뜻하기도 한다. 후기 불교 철학에서 '금강'은 번개처럼 강하고, 허공처럼 투명하며, 다이아몬드처럼 견고한 초자연적 실재를 가리키는 것이다. 금강승은 바로 공(空)의 원리를 신화화한 것으로 만트라(mantra, 眞言)와 밀교 특유의 의식을 통해 자기 자신의 금강 성(性)을 복원하고 금강의 존재로 환원된다고 가르친다.

밀교 수행자들은, 올바른 수행 방법은 책으로 배울 수 없으며 적법한 스승(guru)과의 개인적 접촉을 통해서만 전수받을 수 있다고 믿는다. 오직 스승에 대한 완전한 복종과 적법한 비결을 전수함으로써만 깨달음에 이른다는 것이다. 이 수행의 근간은, 이 책 여기저기에 묘

사된 것처럼, 스승으로부터 비전(秘傳)된 만트라를 반복해서 외우는 것이다. 만트라는 산스크리트 'man' 곧, '생각하다'라는 동사에서 파생된 단어로, '간절한 소원을 드러내다' 혹은 '구애하다'라는 뜻을 포함하고 있다. 즉 주문을 외우는 것은 특정한 신에게 애원하고, 조르고, 어르는 것이다. 그러나 만트라가 효험을 내기 위해서는 세세한 규칙과 절차, 법도를 그대로 따라야 한다고 믿는다. 이들 주문은 복잡하고 정교한 법칙에 의해 만들어졌는데, 예를 들면, 탄원의 대상 신(神)이 남성일 때 끝 구절은 반드시 '훔 hum' 혹은 '팟 phat'으로 마감해야 하고, 여성일 때는 '사바하 svaha', 중성일 때는 '나모 namah'여야 한다는 것 따위다.

이 책 곳곳에 나오는 '옴 마니 반메 훔'은 본시 산스크리트 만트라 'Aum mani padme hum'의 한자 음역으로 보통 '오! 연꽃 속의 보배여!'라고 옮겨진다. 이들 만트라는 번역하지 않는 것이 관례인데, 소리의 주술적 의미를 강조한 까닭도 있지만, 불과 몇 마디 안 되는 짧은 주문 속에 함축된 다양한 의미가 너무 좁게 한정될 위험이 있기 때문인 것으로 짐작된다. 예를 들어, 보석을 뜻하는 두번째 단어 '마니'는 앞에 이야기한 '금강'을 가리키는 것으로 볼 수 있으며, '연꽃'은 자비의 화현 관세음 보살의 상징임과 동시에 모성 혹은 여성을 암시할 수도 있는 것이다.

## 가브리엘의 수행과 육바라밀

인도 종교에서 말하는 깨달음이란 일반적으로 세계와 인생의 의미와 그것을 구현할 방법, 그리고 그 모두를 초월한 실재에 대한 투철한

이해를 뜻한다. 그러나 이러한 깨달음이 자동적으로 나 아닌 다른 것들을 향한 자비심을 수반하는 것은 아니다. 대승불교는 따라서 바깥 세계와 다른 생명들에 대한 무한한 자비심과 이타행을 실천하는 보살도를 수행의 근본으로 내세우는 것이다. 대승 보살은 세계의 실상에 대한 이성적인 이해뿐만 아니라 그러한 이해를 현실 속에 구현할 힘을 추구하는 자를 일컫는다.

수행자의 궁극 목표는 성불이다. 그러나 이상적 인간상인 부처와 지금 자신 사이의 거리는 도저히 가늠할 길이 없다. 한 번의 생으로는 도저히 가로질러 갈 수 없을 만큼 멀고, 언제까지 괴로운 윤회를 거듭해야 할지 알 도리가 없는 것이다. 그러나 중생과 부처 사이에 가로놓인 장애는 오직 하나, '자아에 대한 미혹', '나' 그리고 '내 것'이라고 집착하는 어리석음일 뿐이다. 이것을 극복하기 위해서, 즉 자신 속에서 자기를 지우기 위해 보살은 생명조차 돌아보지 않는 자기 희생과 함께 무아(無我)의 도리를 통찰해야 한다. 전자가 자비의 실천이라면, 후자는 곧 지혜의 눈을 갖는 것이다. 지혜란 세계의 실상과 무자성(無自性)의 자아를 꿰뚫어보는 능력이다. 이렇게 한없는 자비와 무상의 지혜를 구족한 이를 부처라 이르는 것이다.

성불은 육바라밀(婆羅密)의 성취라고도 한다. 여섯 바라밀(pāramitā)이란 (1)가진 것 모두, 심지어는 자신의 육신조차도, 아낌없이 베푸는 보시(布施)의 완성 (2)도덕적인 삶, 지계(持戒)의 완성 (3)온갖 고난과 시련을 참고 견디는 인욕(忍辱)의 완성 (4)궁극의 목표 성불을 향해 끊임없이 노력하는 정진(精進)의 완성 (5)완벽한 삼매, 선정(禪定)의 완성 (6)세계와

자아의 실상을 통찰하는 지혜(智慧)의 완성을 말한다.

앞에서 밝힌 바대로, 이 이야기의 주인공 가브리엘의 원형이라고 할 수 있는 밀라레파는 티벳 사람들뿐만 아니라 세계의 불교도들에게 널리 알려진 옛적 성자 가운데 하나다. 젊은 시절 그는 가문의 원수에 대한 깊은 원한을 가누지 못하고 흑마술을 배워 처참하게 보복한다. 마력으로 원수들의 집을 부수고, 그가 마음대로 부리는 폭풍과 우박은 들판을 망쳐놓는다. 그러나 남는 것은 깊은 회한과 끝없이 반복될 보복과 원한에 대한 두려움이었다. 미움은 미움으로 지워질 수 없다는 것을 깨달은 것이다. 방황 끝에 그는 결국 성자 마르파를 만나 6년 동안의 뼈저린 고난과 시험을 견디고 그의 제자로 입문하여 비법을 전수받게 된다. 그 뒤로도 고산의 동굴 속에서 오직 풀만을 씹으며 얇은 보자기 하나로 살을 에이는 추위를 견디고 살아간다. 그 가운데서도 그는 재물과 육체적인 안락에 연연하지 않고 다른 생명을 향한 자비심을 잃어버린 적이 없었다고 전한다.

밀라레파와 마찬가지로 기구한 운명과 도처에 깔린 증오와 저주, 편견과 원한의 덫을 헤치고 나아가는 가브리엘의 인내와 노고는 바로 대승 보살의 바라밀 행(行) 그것이다.

아가, 네 자신을 찾아가는 일을 두려워 말라.
너는 새들의 왕, 독수리의 아들이니, 알 속에서 이미 날개를 펼쳤어라.
어릴 때는 둥지를 지켰으나 이제 당당한 날갯짓으로 마침내 날아오를 때,
너는 하늘 끝보다 더 높이 올라 악마 앞에서도 흔들림 없으리라. 어떠한 재난도 너를 두려

움에 빠뜨리지 못하리니 너야말로 독수리들의 왕이기 때문!

이라는 요기(yogi)의 충고와 축복도 실은 험난한 앞길에 대한 암시이자 인욕과 정진의 완성을 위한 노정의 시작이다. 이어서 가브리엘은 세속적인 부와 초세속적인 지혜를 향한 갈림길에 서게 된다. 물론 그는 지혜의 길을 선택하고, 제3의 귀를 통해 색깔과 빛의 소리를 듣는다. 그러나 이제 겨우 지혜의 길에 들어섰을 뿐이다. 아직도 선과 악, 나와 남을 분별하며, 아름다운 것에 집착하고, 끔찍한 것에 혐오감을 일으키는 것이다. 이때 스승은 평범하면서도 특별한 가르침을 내린다.

세상을 바꾸고 싶거든 네 자신부터 바꾸거라. 너 또한 세상의 일부이기 때문이다.

세계 속에 처한 개인은 세계 혹은 우주와 별개의 것이 아니다. 세상에 만연한 불화는 곧 나와 나 아닌 것을 가르고 나누는 데서 비롯된다. 내가 세계 자체이듯이 다른 나들도 역시 그렇다고 아는 것이 지혜라면 그 지혜를 삶 속에 그대로 드러내는 것이 자비이다. 또한, 자신을 객관화하는 것이 지혜라면, 나 아닌 것들을 자기화하는 것, 나아가 그런 구분 자체를 뛰어넘는 것은 오직 실천적 자비를 통해서만 이루어지는 것이다. 지혜가 어떤 행위를 자비로 승화시키는 화로가 되듯 자비는 지혜의 발판이 되어, 이 두 가지는 서로 기대고 기대지는 관계에 있다. 달리 말하면, 자비심이 결여된 지혜는 없으며, 지혜가 빠진 자비는 진정한 자비가 아닌 것이다.

스승 마르파의 문하에 들어가 6년간의 뼈를

깎는 인욕 고행을 통해 과거의 죄업을 참회하고, 마흔네 살에 비로소 비법을 전수한 밀라레파는 네팔 접경의 히말라야 고산 지대를 배회하며 사람들을 교화하는 일에 나머지 생애 39년을 바쳤다. 이 또한 수행자가 베풀 수 있는 최상의 보시이며, 보살도의 실천이었다. 그러나 슬프게도 그는 자신의 명성과 수행을 시기하는 자들에 의해 독살되고 만다. 독 넣은 우유를 마시고 파란만장한 한 생을 마친 것이다.

중생들의 삶이란 한낱 풀잎 끝의 이슬이요, 물거품, 환영에 불과한 자아를 부둥켜안고 몸부림치는 한마당 굿판에 불과한가! 가브리엘에게 스승이 말하는 것처럼 "세번째 귀가 열렸을 때 덮쳐오는 번뇌는 깨치지 못한 인간들의 도전과 이 세상의 불화"일 것이다. 그렇다 하더라도 필시 성자 밀라레파는 중생의 어리석은 도전을 관용으로 감내하고 의연하게 죽음을 받아들였으리라고 믿고 싶다. 지극한 사랑도 사무친 미움도, 자비나 지혜조차도 멀고 먼 윤회의 여정 가운데 끼워진 작은 삽화들일 뿐이다. 중생은 그렇게 궁극의 목표 부처 자리, 육바라밀의 완성에 한 발 가까이 다가서는 것이리라.

대자대비하신 관세음 보살 가호하사
모든 독수리들, 그리고 이 세상의 모든 가브리엘들 더 높이 날아오르기를!
옴 마니 반메 훔!